AF299204

DEUXIÈME ÉPITRE

DU DIABLE

à N.^{on} *Buon'àparte.*

A PARIS,

DE L'IMPRIMERIE IMPÉRIALE.

1815.

AVIS DE L'ÉDITEUR.

L'Épitre qu'on va lire, a été interceptée dans une ville située sur la rive gauche de la Loire. Le courrier qui en était porteur, ayant ouï dire que son ex-majesté devait passer incessamment par la susdite ville, pour se rendre à Rochefort, il s'y arrêta en attendant son arrivée, qui eut effectivement lieu dans la nuit du 3o juin. Pendant qu'il se reposait dans une bonne auberge, on lui servit une bouteille de vin de Vouvrai, qui lui procura un profond sommeil de plusieurs heures. On profita de cet intervalle favorable pour faire venir un copiste habile; on tira secrètement la lettre du porte-feuille du courrier, et elle fut transcrite en entier. Après en avoir pris lecture, nous avons jugé qu'elle ne déplairait pas au public. Satan aura sans doute appris avec douleur la fin malheureuse de Buon'à-parte, qu'il avait pressentie à ce qu'il paraît d'après son *post-scriptum* ; mais nous ignorons jusqu'à présent, s'il lui a fait à ce sujet ses complimens de condoléance : espérons que si cette élégie existe, un heureux hasard la fera aussi tomber entre les mains des Anglais, et qu'ils se feront un plaisir de nous communiquer cette pièce curieuse.

2.ᵉ EPITRE DU DIABLE

a— M.ᵉʳ Buon'àparte.

A notre fils, brigand recouronné,
Salut, honneur, longue prospérité.

Mon cher la Violette,

Le cœur me bat encore, lorsque je songe au danger que tu courus l'année dernière, peu de jours après la réception de ma première épître. C'en était fait de toi, si les puissances alliées eussent voulu prendre à ton égard le parti que semblait leur dicter une sage politique; mais par bonheur, soit qu'elles te supposassent un peu d'honneur et de bonne foi, soit qu'elles eussent égard à ton alliance *simulée* avec Marie-Louise, soit plutôt qu'elles fussent aveuglées par mes secrètes insinuations, non seulement elles te laissèrent la vie, mais elles te donnèrent la souveraineté de l'île d'Elbe. Cette concession était en soi fort peu de chose, sans doute; néanmoins c'était beaucoup pour un homme qui ne manquerait pas de trouver dans la fécondité de son génie, des moyens de ressaisir un jour les rênes de l'empire français. L'événement a répondu à l'idée que j'avais de toi; tu as recouvré, ou si l'on veut, tu as usurpé de nouveau le pouvoir suprême, et c'est ce qui me détermine aujourd'hui à t'adresser *ad hoc* une 2.e épître gratulatoire : faveur insigne, qui te prouvera jusqu'à l'évidence, que si tu es l'ennemi du genre humain, tu es du moins l'ami du cœur de Satan.

Les voilà donc passés, et il faut espérer qu'ils ne reviendront plus, ces jours d'affreuse mémoire, où l'Europe affranchie de ton joug, se livrait sans retenue à la joie de voir le *grand homme* humilié ; où presque toute la France, cédant à sa pente naturelle, se portait au-devant de son Louis *le desiré* ; où les voûtes de ses temples étaient fatiguées et comme ébranlées par le chant depuis 25 ans comprimé du *Domine, salvum fac Regem.* Mais, hélas ! pendant qu'à la surface du globe on se réjouissait d'une manière si éclatante, si cordiale et si insultante pour toi, ce n'était au centre que vociférations et que hurlemens ; jamais, depuis la chute du *bon* Roberspierre I et de ses adhérens, je n'avais été témoin ici-bas d'une pareille consternation : on eût dit que notre enfer ne faisait que de commencer : les accens du dépit et de la rage sillonnaient en tout sens la profondeur de mes gouffres : tout y retentissait de ce cri lugubre, *Napoléon-le-Grand.... Napoléon-le-Grand....* Ici les sanglots étouffaient le reste, et cette suspension n'en exprimait que plus énergiquement ton épouvantable catastrophe.

En effet, il ne pouvait y avoir d'événement plus funeste pour l'empire du Tartare. On aurait peine à se figurer les déplorables suites qui en seraient résultées, si tu n'y eusses remédié par un prompt retour. Tous les vauriens de la France, ou plutôt de l'Europe, venaient de perdre en toi leur plus ferme appui. Déjà la terreur s'était emparée du corps de mes jannissaires, les jacobins et les francs-maçons; une fois que la désertion se serait introduite parmi leurs rangs, tous ces braves auraient oublié dans peu leurs engagemens les plus sacrés; mes adorateurs en général auraient été contraints de se cacher, de s'exiler ou de se convertir, comme cela est arrivé tout récemment dans les états du pape et du roi d'Espagne. Que n'avait pas à redouter en particulier cette troupe de régicides, l'élite de la révolution française, restes précieux échappés jusqu'ici au glaive de la justice? Que seraient devenus avec le temps et mon gros porc Cambacérès, et mon mignon Sieyès, et mon hiène de Caulincourt, et mon ami Carnot, et mon tendre Davoust, et mon bijou Regnault, et mon Iscariote Ney, et mes favoris Bertrand et Excelmans, et mon ex-moine Fourrier d'Auxerre, et mon cher Félix Lepelletier, et mes petits barons Pommereul, Quinette, André Dumont, Jean Debry et autres satrapes, tous teints du sang de leur roi ou illustrés par les plus grands crimes? Au reste, tous ces vénérables étant passés maîtres en trahison, je te promets bien de les placer un jour selon leurs mérites.

Que dirai-je de cette auguste fourmillière de princes et de princesses que tu tiras de l'ordure, pour les élever sur des trônes, mais que la fatalité en a fait descendre, quoiqu'ils eussent bonne envie d'y rester? Quel autre que toi aurait pu leur assigner des apanages compétens, et impérieusement sollicités par leur nouvelle métamorphose? Quoi! ton *noble* sang coule dans leurs veines, et on les aurait vus tout déplumés, confondus avec la foule, et peut-être réduits à la profession de parasites! Quoi! la bonne et féconde déesse par exemple, la mère Cybèle, Lætitia, (j'en dis autant du trio de ses filles), Lætitia, après avoir bu pendant des années le nectar, et savouré journellement l'ambrosie neuf fois plus douce que le miel, aurait été condamnée à la piquette de Surenne et aux mets grossiers de sa première condition! Oh! mon ami, cette pensée me fait frissonner d'horreur ; il aurait donc fallu lui donner le nom de *Tristitia!* .... Cependant je me trompe, car elle a bien su, ainsi que toute sa lignée, profiter des momens d'*accoumouler;* et quand même elle n'aurait pas eu sa part des six millions qu'on t'avait octroyés pour toi et les tiens, elle aurait encore pu vivre en douairière, puisque les fonds qu'elle et le signor Fesch avaient dans la banque de Tolonia à Rome, montaient à la somme de 700 mille écus romains, lorsqu'on y a mis le séquestre; ainsi ma compassion pour elle était intempestive. Mais combien d'autres malheurs n'aurait pas entraînés ton absence trop long-temps prolongée? En voici quelques-uns des plus graves.

Depuis qu'une partie de ses colonies lui avait été rendue par les Anglais, la France était menacée de voir incessamment son commerce refleurir : l'industrie nationale allait infailliblement se ranimer, et le

Français déchoir peu à peu de cet esprit martial, que tu avais eu le secret d'exalter au plus haut dégré; d'ailleurs, pour recruter l'armée on aurait substitué le mode des enrôlemens volontaires à celui de tes *coupes réglées*, qui faisaient de tout l'empire un peuple de soldats : delà, plus de manie pour les conquêtes, plus de prédilection pour le métier des armes, plus de passion favorite pour la gloire militaire : il eût fallu peut-être pendant un demi siècle, se résoudre à dévorer l'ennui de la paix. Or quel état plus insupportable pour ceux qui comme toi aiment à répandre le sang, et font leurs délices de bouleverser le monde? N'est-ce pas le dernier des malheurs, que les bouchers de chair humaine doivent réprimer leur bouillante ardeur, consacrer leur vie à de paisibles travaux et mourir honteusement dans leur lit? Mais cette dure extrémité n'est point à craindre sous ton gouvernement : avec toi, point de ces colonies qui réveillent les grandes spéculations, et font des ports de mer comme autant de foyers, d'où se répandent sur l'état la chaleur et la vie ; point d'autre industrie que celle de savoir faire l'exercice à pied ou à cheval, de savoir fabriquer ou manier les armes, de savoir charger l'ennemi ou battre en retraite; point d'autre commerce que celui qui consiste à échanger des volées de canon, à se planter des coups de fusil, de sabre et de baïonnette, et par conséquent point de danger pour une surabondance de population.

On ne peut pas non plus se dissimuler l'influence excessive qu'allaient obtenir sur toute la société, la *vieille idole* et *le fanatisme*, c'est à-dire, dans ton langage, le pape et la religion ; on aurait bientôt porté le coup fatal à la philosophie moderne, aux dogmes révolutionaires et jacobiniques, à la doctrine du divorce, et généralement à toutes les idées *libérales* et philantropiques. Encore quelques années du règne royal, toutes ces *salutaires* maximes auraient été perdues pour la France, et probablement reléguées à l'île d'Elbe. Nul doute que les rois très-chrétiens, assis une bonne fois sur le trône de leurs ancêtres, ne cherchassent à protéger de tout leur pouvoir l'enseignement de la religion et de la morale, à procurer le retour aux institutions *gothiques* et aux pratiques *monacales*, ce qui appauvrissait nécessairement mon domaine dans les Gaules, et enlevait une infinité de citoyens au manoir infernal.

Qu'on ne dise pas que ces craintes n'étaient que chimériques, puisque déjà on travaillait sérieusement à améliorer l'éducation : déjà dans les écoles publiques le son de la cloche et le costume bourgeois avaient remplacé le bruit du tambour et l'uniforme militaire ; déjà des orateurs chrétiens attaquaient impunément l'incrédulité et décriaient ouvertement la révolution ; déjà la souveraineté des peuples était mise au rang des paradoxes, et les libertés gallicanes au rang des simples opinions ; déjà d'innombrables sacrifices expiatoires faisaient envisager comme un affreux parricide le supplice de Louis XVI et de Marie-Antoinette ; déjà la piété siégeait sur le trône et déployait dans la personne du monarque ses charmes irrésistibles ; déjà on allait commencer de grandes missions dans les villes et les campagnes ; déjà une loi sur l'observa-

(9)

tion des dimanches et fêtes solennelles avait été
adoptée par les deux chambres, sans égard pour les
aboiemens des députés Durbach, Dumolard, etc.;
déjà enfin, la religion catholique était déclarée la
religion de l'état, jusque dans la charte constitutionnelle. Pour couronner l'œuvre il n'aurait plus manqué
que l'admission des Jésuites, dont la société *abominable* venait d'être rétablie par le pape, et alors tout
était désespéré pour nous : la France redevenait chré-
tienne, et il m'aurait fallu transporter je ne sais où,
mon état-major général. Est-il étonnant, d'après ce
court apperçu, que ta chute nous ait plongés dans la
désolation et le désespoir ?

Je n'ajouterai cependant pas avec toi que le roi ton
rival voulait rétablir la dîme, faire revivre les droits
féodaux, ordonner la restitution des biens acquis pendant les troubles de la révolution : quand on veut ca-
lomnier quelqu'un, il faut du moins y mettre de la
vraisemblance ; tu as bien pu sans doute tenir ce langage absurde aux habitans du Dauphiné, de l'Alsace
et de la Bourgogne ; ces impostures ont d'abord fait
sur eux une merveilleuse impression et prodigieuse-
ment grossi le nombre de tes partisans : mais, mon
ami, tu n'as pas songé que tôt ou tard la vérité perce,
et qu'alors on tourne contre l'imposteur les armes que
dans le principe on avait prises pour sa défense. C'est
pourquoi je ne serais pas surpris de voir dans la suite
ces Dauphinois, ces Alsaciens et ces Bourguignons,
alors si imbécilles et si crédules, revirer de bord et
devenir les plus acharnés ennemis de celui qui les
avait trompés. L'issue fera voir lequel de nous deux
l'emporte sur l'autre en matière de politique.

Après avoir donné un libre cours à notre douleur et déploré les suites désastreuses de ton expulsion du continent, chacun de mes sujets se mit à décharger sa bile contre les auteurs de ta disgrâce. Là on n'épargna ni Wellington avec ses Anglais, ni Blücher avec ses Prussiens, ni Schwartzenberg, ni Sacken, ni Wrede, avec leurs Autrichiens, leurs Russes et leurs Bavarois. On ne ménagea pas davantage Joachim et Charles-Jean, qui dans ces fâcheuses circonstances eurent la cruelle politique de te tourner casaque et de marcher contre toi. Quant aux autres souverains (qui viennent de former de nouveau une ligue sacrilège), on les appela des lâches, des ingrats, des despotes ; lâches, puisqu'ils étaient au moins quatre contre un ; ingrats, puisque tu aurais pu naguère les détrôner ou les asservir ; despotes, puisqu'ils gardent dans leurs états le système féodal et nobiliaire, et que d'ailleurs ils gouvernent leurs peuples en monarques absolus. Mais ce qu'on trouva de plus intolérable, c'est que ta déchéance eût été prononcée par des sénateurs à qui tu avais donné du pain en les tirant presque tous du sansculotisme, et qu'elle eût été reconnue par le père de Marie-Louise *ton épouse bien-aimée ;* était-ce donc là que devait aboutir une alliance achetée par tant de crimes et qui faisait réjaillir sur la maison de Lorraine tout l'éclat et tout le lustre de la maison des Buon'àparte ?

Ce débordement d'invectives lancées si justement contre tes ennemis, amena tout naturellement l'éloge le plus complet de ta majesté. L'un te peignit comme un modèle achevé d'ambition, de perfidie, d'imposture, de friponnerie et d'impiété ; l'autre fit remarquer en toi toute la fourberie italienne, toute la férocité corse, toute la perversité jacobinique, tout le charlatanisme qu'on avait admiré dans Gall, Mesmer et Cagliostro. Un autre voulut remonter à l'origine des choses, et fouillant dans le sale mais assez véridique répertoire intitulé : l'*Histoire du Cabinet de St.-Cloud*, il étala avec complaisance les infamies de ta jeunesse, et par concomitance les fredaines des futurs princes et princesses qui ont depuis composé ta basse-cour et figuré un instant sur divers trônes de l'Europe, à-peu-près comme figurent les personnages dans une lanterne magique. Il raconta comment et pourquoi tu avais été avec ta *respectable* famille ignominieusement chassé de l'ile de Corse, puis de Marseille en 1793. Il exposa sans détour les bassesses de tes frères, la turpitude de tes sœurs, l'industrieux trafic de maman *la joie*, la cause de ton union avec la bonne Joséphine, tes intrigues secrètes avec la jeune Hortense, bien qu'elle fût à la fois ta belle-fille et ta belle-sœur. Enfin le lutin, aussi curieux que disert, finit par dévoiler les habiles manœuvres que tu employas pour effectuer ton divorce et pour obtenir ensuite la main d'une arrière-petite-fille de Marie-Thérèse d'Autriche. A ce sujet il tenta même de pénétrer le mystère qui enveloppait la naissance de ton cher fils; mais comme il n'en put venir à bout, un autre orateur monta à la tribune, et ajouta de nouveaux traits à ton panégyrique.

Celui-ci, éloquent comme un Lacépède, peintre comme un Lacrételle, commença par complimenter la grande nation sur le choix qu'elle avait fait, pour chef de sa nouvelle dynastie, d'un héros de ton espèce, d'abord coiffé du bonnet-rouge, ensuite inopinément paré du diadême impérial. Il exalta jusqu'aux nues, ton génie audacieux et mal-faisant, ta soif inaltérable du sang humain, ton ame fortement trempée, et à toute épreuve, contre le remords, la pitié, la justice, la superstition, et en général contre toutes les faiblesses du vulgaire. Ton expédition d'Egypte lui fournit matière à deux superbes épisodes qui m'avaient échappé, et dont je dois ici te faire honneur. Ce fut donc à un mille de Jaffa, que, malgré ta profonde vénération pour Mahomet, tu fis fusiller, par manière de récréation, environ 4 mille Turcs désarmés, qui avaient été épargnés dans l'assaut donné à cette place trois jours auparavant. Ce fut là encore que tu engageas un pharmacien à délivrer de la vie, par un doux breuvage, six cents soldats français, frappés de la contagion qu'exhalaient les cadavres de ces Musulmans laissés sans sépulture. Pardon, si dans ma première épître je ne t'ai pas félicité sur ces deux traits constatés par lord Wilson; je me souviens que dans le temps ils parurent si admirables à tous mes diables, qu'ils en conçurent un sentiment de jalousie, et qu'ils avouèrent, à leur grande confusion, n'être à côté de toi que des morveux en genre de barbarie; et en effet, il faut être archidiable ou Buon'àparte, pour pousser l'inhumanité jusqu'à ce point de rafinement. Tu excuseras aussi l'erreur où je suis tombé en ne portant qu'à 5o mille le nombre de ceux des tiens qui trouvèrent leur tombeau en Egypte; il fallait dire 90 mille, et ajouter qu'en désertant ce brillant théâtre de tes prouesses, tu avais emporté la caisse militaire renfermant sept à huit millions. Tu vois par ces divers amendemens, combien j'ai à cœur qu'on te rende scrupuleusement la gloire qui t'est due.

La franchise du panégyriste ne lui permit pas de passer sous silence le mauvais succès de l'expédition entreprise par tes ordres contre St.-Domingue, colonie que tu as irrévocablement perdue avec les 60 mille hommes envoyés pour cela sous le commandement de ton beau-frère Leclerc, parce que tu voulus réduire de nouveau à l'esclavage les nègres, devenus libres et fidèles à la France. Maintenant que tu ne peux plus avoir de colonies, afin de faire comme on dit, de nécessité vertu, tu renonces généreusement à la traite des nègres, sous prétexte que ce trafic ôte à l'homme le sentiment de sa dignité; voilà certes une plaisante espèce de générosité! Tu pourrais renoncer de même, par exemple, aux possessions anglaises dans les Indes, ou encore à la conquête de l'Angleterre : quelle grandeur d'ame que celle de Napoléon! Mais rentrons dans le ton de gravité qu'exige notre sujet.

L'orateur, pour ne pas donner lieu aux assistans de rejetter sur ton compte l'équipée de ton inepte beau-frère, couvrit habilement cet endroit de son discours, en exposant d'une manière très-avantageuse les plus belles actions de ta vie. Il peignit, avec autant de rapidité que d'énergie, tes nombreux assassinats, ton acharnement toujours soutenu contre les Bourbons, tes immortels exploits de Russie et de Saxe ; ton affreuse guerre d'Espagne, tes tentatives d'arrestation et d'empoisonnement sur des têtes couronnées, tes *honorables* entreprises contre le pape et ses cardinaux, tes fameuses conscriptions, mode de recrutement supprimé depuis par Louis XVIII, tes victoires éclatantes, remportées à force de sacrifier de la *chair à canon*, tes sourdes persécutions contre le clergé, tes grands projets de confédération européenne, tes idées *libérales* sur la tolérance universelle des cultes, etc. etc. etc. Il remania et embellit de nouvelles couleurs tout ce qui s'était dit à ta louange, en France et ailleurs, depuis le 31 mars 1814, jusqu'à l'époque de ton retour glorieux. Tant de hauts-faits, réunis et pressés dans un seul tableau, retracés avec méthode, chaleur et véhémence, produisirent une vive sensation sur tout l'auditoire ; on applaudit au discours par des rugissemens unanimes, et l'impression en fut décrétée à cent millions d'exemplaires. Alors l'assemblée s'étant dissoute, chacun s'en retourna en formant les vœux les plus ardens pour ta prompte rentrée en France, et en jurant d'employer tous les moyens de t'en applanir la voie.

Parmi les auditeurs, j'avais observé un groupe de Français de marque, lesquels s'entretenant ensemble après le susdit discours, s'étaient écriés plusieurs fois : *Oh ! le grand homme ! oh ! quelle perte pour la France !* Ils étaient à peine reconnaissables, tant la nouvelle encore récente de ton accident les avait défigurés : en m'approchant d'eux, je distinguai entr'autres Voltaire, d'Alembert et Diderot, ensuite Marat,

Roberspierre, Joseph Lebon et Carrier. Ces quatre derniers, quoique toujours républicains, s'indignaient qu'en renversant ta tyrannie, on t'eût mis par-là dans l'impossibilité de faire le mal; mais en même-temps ils ne pouvaient dissimuler leur dépit de ce que tu les avais de beaucoup surpassés dans une carrière qu'ils avaient parcourue avant toi, à la grande satisfaction de l'enfer. Voltaire avait déjà arrangé dans sa tête, le plan d'une tragédie intitulée : *La chute d'Apollyon l'exterminateur.* D'Alembert éternellement occupé de ses mathématiques , avait calculé la quantité d'hommes de toute nation que tu avais envoyés dans l'autre monde depuis 1794 jusqu'en 1804, et depuis 1804 inclusivement jusqu'au printemps de 1814; il avait trouvé que cette quantité avait pour racine cubique approximative, le nombre 174. Quant à Diderot, il émettait un vœu qui ne te plairait pas comme empereur, puisqu'il souhaitait *philantropiquement* avoir le boyau du dernier des prêtres pour étrangler le dernier des souverains: cependant tu dois lui pardonner ce souhait un peu extravagant, car il en exceptait les souverains fourbes, cruels et irréligieux.

Je croirais manquer à la sincérité et à ma qualité de rapporteur, si je ne te parlais pas ici de trois accusations très-graves, que quelques esprits bornés intentèrent contre toi, et qui attaquaient jusqu'au vif ta réputation si bien méritée de tyrannie et d'impiété. On te reprocha donc, 1.º d'avoir mis fin à l'anarchie, 2.º d'avoir relevé les autels , 3.º d'avoir passé un concordat avec le pontife de Rome, et tout cela à l'époque de ton consulat. D'abord j'aurais pu répondre que si

tu avais eu alors quelques faiblesses, ta conduite sub-
séquente les avait abondamment effacées : mais il me
fut aisé de te laver autrement de ces trois inculpations
(dont certains prélats français ont prétendu te faire
un mérite dans leurs mandemens); j'ose me flatter
que le citoyen Barrère ne t'aurait pas mieux blanchi.
Je démontrai donc qu'en tout cela, ta conduite n'a-
vait été basée que sur les lois de la plus fine politique;
en effet il fallait bien réprimer l'anarchie, pour établir
ton despotisme, puisque ces deux états sont diamé-
tralement opposés; il fallait bien paraître favoriser le
culte dominant, pour gagner à ton parti, et les ministres qui l'enseignaient et les peuples qui le profes-
saient; tes amis savaient parfaitement là-dessus à quoi
s'en tenir. Il fallait bien enfin capter la bienveillance de
celui qui pouvait rendre ta couronne respectable en
faisant envisager en toi l'*oint du Seigneur* : comme
un nouveau parvenu ne doit rien négliger de ce qui
peut étayer sa puissance encore mal affermie, la prudence voulait que tu fisses brûler quelques grains d'en-
cens devant la *vieille idole*, en attendant que vînt le
moment opportun de la renverser, selon tes anciennes
et louables intentions : la suite a bien prouvé que tel
avait été ton calcul. Une preuve que tu avais parfaitement manœuvré dans ces circonstances, et donné le
change aux plus rusés, c'est que cette conduite te
procura l'honneur inoui d'un chapitre particulier dans
le catéchisme gallican, et de plus le titre *menteur* de
restaurateur de la religion qu'on te décerna à l'envi
dans les chaires de *vérité*. D'après cela qu'on vienne
encore te reprocher d'avoir détruit l'anarchie, relevé

les autels et concouru au grand œuvre du concordat;
c'est comme si on te reprochait d'avoir agi en habile
politique : un homme comme toi sait faire servir la religion à ses fins, sans en être pour cela moins impie.
C'est par le même principe que tu as jugé prudent de
faire un léger traitement aux ecclésiastiques; quand
on règne sur le peuple, il faut savoir se prêter en quelque chose à ses vieux préjugés. Cette courte explication
désarma tes censeurs et les fit convenir qu'ils avaient
eu tort de te supposer en aucun temps, des vues de bien
public, de l'attachement pour la religion et du respect
pour le caractère du pontife romain, trois choses qui
n'entrèrent jamais dans ta pensée.

Ce fut pareillement pour étançonner ton édifice
impérial, que tu instituas cette monstrueuse légion
appelée *d'honneur*, sans doute par ironie, dont la décoration avilie dès son berceau, figura indistinctement
et sur la poitrine du prélat, du préfet, du maire, du
magistrat, du général, de l'officier, et sur la poitrine
du mouchard, du banqueroutier, du juif, du sectaire,
de l'alchimiste, du dénonciateur, du vaccinateur,
du sucrier en betterave, etc. Il faut avouer que ceci
sent bien l'homme qui veut à tout prix se faire des
créatures; mais c'est précisément sous ce rapport que
je te loue sur l'invention de cette immense confrérie;
je ne doute même pas que la nouvelle étoile n'ait puis-
samment contribué à consolider ta première usurpa-
tion; si elle ne l'a pas rendue inébranlable, elle a fait
voir du moins que tu savais mettre en jeu tous les res-
sorts qui peuvent leurrer et séduire les Français.

Tant d'éminentes qualités réunies dans un seul

homme, auraient dû ce semble, fixer dans tes mains le sceptre de la France et t'assurer en outre une prépondérance décidée sur les autres états de l'Europe, d'autant plus que tu étais *visiblement* le successeur de Charlemagne, seul monarque digne de t'être comparé. Mais hélas! les hommes seront toujours ingrats, toujours jaloux d'un mérite transcendant. Tu touchais au moment de te voir l'arbitre et le modérateur de la grande fédération européenne (et alors malheur au fier Léopard!), lorsque tes *vassaux* se soulèvent de concert contre leur maître et leur bienfaiteur; on entend crier de toutes parts, comme aux jours de Roberspierre I : *à bas le tyran!* On forme contre toi une ligue qu'on appelle *sainte;* on combine des forces immenses pour aller attaquer ce qu'on nomme le *monstre;* on mutile horriblement ce *bel empire,* ouvrage de Napoléon *le grand. . .* On entre malgré lui dans sa grande Babylone, et là on a l'audace de lui dicter des lois, et quelles lois? ô barbarie! On veut qu'il renonce à l'empire et qu'il se retire du continent avec le modique revenu de 6 millions à répartir entre lui et les siens! Quel coup de foudre! Quelles cruelles agitations dûrent alors briser son ame! Ah! une brillante couronne a quelque chose de si doux! Comment se résoudre à en faire le sacrifice, sur-tout quand on se sent né pour le trône?

Je craignis un instant que tu n'allasses prendre le parti de vaincre ou de mourir; car entre une mort honorable et la honte d'abdiquer, il semblait qu'un homme de cœur n'eût pas à balancer; d'ailleurs les braves qui te restaient fidèles, auraient encore fait un dernier effort pour toi ; s'il eût été couronné du succès, tu conservais ta dignité ; s'il eût été malheureux, tu mourais en soldat et tu venais ici tout droit rejoindre une foule de bons amis : mais tu n'as pas voulu courir cette chance ; tu aimes la vie, et j'en suis bien-aise ; mourir sur le champ de bataille te semble une chose superbe dans les autres : pour toi, tu préfères l'état de *rentier* au plaisir actuel de venir nous voir : tu es frappé de cette réflexion, que six millions de revenu avec un petit domaine où l'on peut encore promener sa souveraineté, sont bien quelque chose pour celui qui aurait dû s'attendre à languir dans un cachot ou à passer par la guillotine ; en conséquence tu acceptes les conditions proposées, et tu souscris de *la main* à ta déchéance. J'aurais été très-piqué de ton indifférence pour moi, si je n'eusse été persuadé que nous ne perdrions rien pour t'attendre : j'ai considéré qu'en mourant tu ne serais pas remplacé conformément à mes vœux ; au lieu qu'en choisissant l'exil tu ne ferais probablement qu'une éclipse passagère, après laquelle tu pourrais, selon la prédiction de l'ex-grand-maître, reparaître sur l'horison avec un nouvel éclat, et consommer la régénération de la France.

Te voilà donc prêt à quitter cette belle France, pour aller te confiner dans les rochers de l'île d'Elbe ; mais que ton voyage fut triste ! Que le contraste fut frappant entre le départ de ton ex-majesté et l'arrivée de Louis XVIII ! O le déplorable scandale pour la postérité, lorsqu'elle apprendra l'émotion générale, spontanée et extatique que reveillèrent dans tous les cœurs français ces deux mots : *un roi, un Bourbon !*

lorsqu'elle saura que tous les âges, toutes les conditions se trouvèrent à la fois saisis de la même ivresse, et que, par un prodige incroyable, plusieurs bouches de mes jacobins s'ouvrirent comme d'elles-mêmes **au** cri de *vive le roi*, aussi ancien que la patrie! Oh! mon ami, quand je considère les larmes de joie qu'on répandit par-tout, dans les villes, dans les campagnes, dans les assemblées publiques, dans l'intérieur des maisons, dans les temples, et jusque dans les spectacles, je serais tenté de croire que nous travaillons en vain à extirper des cœurs français les racines profondes qu'y a jetées le royalisme. C'est une maladie qui restera incurable, tant que nous ne réussirons pas à anéantir les trois causes d'où elle dérive, savoir, la religion, la probité et l'intérêt commercial; car, il faut en convenir, pas un chrétien, pas un honnête homme, pas un individu jaloux d'augmenter sa fortune par des voies licites, qui ne forme des vœux pour la conservation de l'antique dynastie ; et à dire vrai, je ne vois dans ton parti que des soldats égarés, des intrigans et de la canaille ; or est-il croyable que ces trois classes de gens viennent jamais à bout d'entraîner et de buonapartiser la nation française! Dis-moi si hors delà quelqu'un s'est montré sensible à ton départ; dis-moi si tu n'as pas été obligé de te travestir ou de te faire garder pour échapper à la vengeance qui te poursuivait dans tous les pays que tu as traversés ; dis-moi si les imprécations vomies contre toi, ne t'ont pas fait craindre de ne pouvoir atteindre le rivage où tu devais t'embarquer pour ton île : oui, je le prédis en frémissant, ou ta dynastie ne s'établira pas en France, ou elle ne s'y établirait que sur les ruines de la religion, de la justice et du propre intérêt; en attendant que cela arrive, je te conseille pour le présent, de chercher à détruire la famille des Bourbons, mille fois plus redoutable par sa noblesse, ses droits et ses vertus, que tu ne le seras jamais avec ton armée, tes intrigans et ta canaille. Cependant ne perds pas courage; je connais l'esprit public de mes états; à la première réquisition on t'y prêtera serment de fidélité, ainsi que de soumission à l'acte additionnel, sur-tout au dernier article qui concerne les Bourbons. Outre mes diables, tu trouveras encore parmi les différens fonctionnaires publics de tout genre des sermentaires, qui à la vérité ne se conduiront en cela ni en chrétiens, ni en honnêtes-gens; mais qu'importe? ils se regarderont comme liés à ta cause, et j'ose même te garantir l'immense majorité.

C'était assurément un rôle assez important pour le fils présumé d'un huissier d'Ajaccio, que celui que tu venais de jouer sur la scène du monde? Qui n'eût cru qu'après vingt ans de combats, de triomphes et de brigandages, dépouillé enfin du vol de plusieurs couronnes, repoussé avec horreur du continent et muselé comme une bête féroce à qui l'on a ôté les moyens de nuire, tu allais t'ensévelir pour toujours à Ilva et y reposer une bonne fois ton âme fatiguée de crimes? Voilà en effet l'idée que s'était formée de toi le gros des politiques. On savait qu'avant de dire adieu à tes *bons amis* les Lyonnais, tu avais acheté une énorme caisse de livres de tout genre, voire même un exemplaire de la Bible avec commentaire; les uns

augurèrent delà que tu allais vivre en philosophe,
d'autres que tu allais comme César rédiger les annales
de ton règne, d'autres (et je riais de leur simplicité)
que tu allais d'abord solliciter la levée de ton excommunication, puis entrer tout de bon dans la carrière
de la pénitence : trois choses semblaient appuyer les
conjectures de ces derniers, 1.º l'emplette que tu
avais faite d'une bible, 2.º les larmes qu'on t'avait vu
verser dans je ne sais quel endroit de la Provence,
phénomène qui parut de bon augure pour ta conver-
sion, 3.º la visite sans doute charitable que te rendit
alors la maman Lætitia, dont la *solide* dévotion ne
permit pas de douter qu'elle n'eût donné des avis
sérieux à son scélérat de fils. Ils se confirmaient dans
leur espoir par deux autres considérations, la première, que tu avais daigné plus d'une fois accueillir
le supérieur des Trapistes, la seconde, que tu avais
pour oncle une éminence de ta fabrique, qui jouissait
encore des bonnes-grâces du saint père, et obtiendrait
au besoin qu'il versât sur toi un déluge d'indulgences.
Ils pouvaient même ajouter à tout cela ton exactitude
à entendre la messe, sur-tout depuis l'époque de ton
excommunication.

Pour moi, qui te connais comme on dit, *ab ovo*,
je ne donnai point dans une méprise aussi grossière :
tous ces messieurs te supposaient apparemment un
grain de religion, un germe de vertu et de sensibilité : et voilà la source de leur erreur ; ils ne savaient
pas qu'il n'y a qu'un Buon'àparte dans le monde,
et que ce Buon'àparte ne ressemble qu'à lui-même ;
on l'a déjà dit, et je le répète avec assurance, c'est

le fils aîné de Satan et le phénix des scélérats ; ses hautes destinées ne sont pas encore accomplies ; tant qu'il restera quelque possibilité de faire du mal, il ne se condamnera point à un indigne repos ; ses plus douces jouissances sont de conquérir, de détrôner, de tyranniser, de pervertir, d'exterminer ; s'il reste pendant dix mois resserré dans Ilva, ce n'est que pour y vaquer plus librement à des méditations infernales, d'où il ressortira plus terrible que jamais ; et s'il faut qu'enfin il tombe pour ne plus se relever, *l'univers apprendra ce que coûte la chute d'un grand homme.* C'est la modeste prédiction qui est sortie de ta bouche souveraine, et chacun sait à quel point tu as le don de prophétie.

Tu ne m'accuseras pas, j'espère, de déguiser ici tes véritables sentimens ; car, je te le demande, que faisais-tu dans ton antre pendant que Louis s'occupait à guérir les plaies de la France? pendant qu'il se reposait avec confiance sur ses droits, sur la foi des traités et sur l'amour de son peuple? On avait voulu t'isoler du continent comme un pestiféré, et toi tu profitais habilement de ta solitude, pour dresser tes batteries, pour broyer à loisir le poison de la calomnie et ourdir dans les ténèbres le plus hardi complot qui se fût jamais formé sous le ciel. Tu t'occupais sans relâche à imprégner de ta malice la bande des braves qui devaient concourir à son exécution ; et quels rapides progrès ces dignes élèves ne dûrent-ils pas faire à l'école d'un si grand maître? Rien ne t'empêchait de leur consacrer tous tes momens ; Marie-Louise et le marmot dont elle se croit la mère, n'étaient pas là pour partager ton temps et ta tendresse; tu étais redevenu garçon, et tu pouvais te livrer tout entier à tes projets sataniques.

Au reste ton île n'était pas le seul laboratoire où se mitonnât la trahison ; tu avais des associés sur différens points de France, d'Italie, de Suisse et d'Allemagne ; sans paraître y toucher, ils correspondaient avec toi et te secondaient de tous leurs moyens. Joachim l'italique, Lucien le caméléon, Joseph le simple, Jerôme le bigame, la maman avec ses trois donzelles, le bon homme d'oncle enfin étaient au fait du mystère d'iniquité ; je ne parle pas ici du frère Louis ; c'est le seul de toute ta séquelle qui ne soit pas de mon goût, parce qu'il me paraît homme de bien ; mais en revanche je suis fort content de la *veuve* Hortense, à raison de son *tendre* attachement pour ta majesté impériale. Toute cette populace de parvenus qui ont goûté les douceurs de la souveraineté et qui se voient aujourd'hui *démonétisés*, souhaitait avec impatience le rétablissement de ton règne, et se réjouissait de voir bientôt partir le grand coup qui devait l'opérer. Pour cela il n'y avait qu'un moyen ; c'était de t'assurer des troupes de ligne. En conséquence tu fais partir de ton île un noir essaim d'émissaires formés de tes mains et bien pénétrés de ton esprit. Dociles à leur mission, ils abordent en France, ils se répandent dans les divers départemens, ils se glissent sourdement dans les garnisons, ils inoculent avec un prodigieux succès le venin de la rébellion à des hommes depuis long-temps démoralisés, et bientôt après, l'armée qu'on croyait française, l'armée dont le roi avait adouci le sort et reçu les sermens, n'est plus qu'une armée de conjurés et de Buonapartistes.

Dès-lors il n'y avait plus de temps à perdre; tes amis Soult, Ney et autres braves Judas qui environnaient le roi, t'avaient préparé la voie, tout en feignant d'agir et de marcher contre toi; le moindre délai aurait pu laisser éventer la mine et faire avorter le complot. Bien plus, la flotte de Campbell qui devait et pouvait seule empêcher ton embarquement, ayant pris le large, comme si elle se fût entendue avec toi, semblait t'inviter à profiter de son éloignement pour accélérer ton départ. Te voilà donc en mer avec ce bataillon sacré qui a eu la générosité de partager ton exil, et tu touches au moment de reprendre ta couronne. Tu sais, il est vrai, que la France t'abhorre, qu'elle jouit de la paix sous un prince légitime et adoré, que la coalition des rois indignés voudra peut-être tirer vengeance de cette nouvelle insulte; tu sais que ta rentrée pourra attirer sur la patrie le double fléau de la guerre civile et de la guerre étrangère; n'importe, toutes ces considérations n'ébranlent point ton âme insatiable de crimes; l'enfer est avec toi; tu peux compter sur l'armée, les intrigans et la canaille; voilà de quoi t'encourager; la peur et l'imposture seront tes premiers aides-de-camp; tu trouveras le reste dans les ressources de ton vaste génie.

Si cependant tu avais avec toi ton Berthier, tu pourrais comme jadis t'aider de ses conseils; mais qu'il y a peu d'amis assez généreux pour nous suivre jusque dans l'infortune ! Celui-ci comme bien d'autres, désespérant de ta résurrection et voulant conserver *Gros-Bois*, avait cru prudent de faire le royaliste ; il hésite au moment de ton retour et n'osant encore rompre ouvertement les liens qui devaient l'attacher au roi, il l'accompagne dans sa retraite, comme s'il était son serviteur fidèle ; cependant te voyant replacé sur le trône, il cherche à reconquérir tes bonnes grâces par quelque service important ; mais semblable en cela à sire Murat, il joue mal son rôle et il finit par avoir le sort ordinaire des hommes à double face. Belle leçon pour ceux qui ne sont pas décidés dans le parti qu'ils ont une fois embrassé ! Pour nous deux, nous ne connaissons pas cette conduite amphibologique ; le Diable agit en Diable, et Napoléon en scélérat.

J'avais trop à cœur la réussite de ton entreprise, pour te perdre de vue dans des circonstances aussi critiques ; mon amitié ne me permit pas de t'abandonner un instant ; c'est moi qui tins dans l'éloignement la flotte anglaise chargée de te surveiller ; c'est moi qui fis cesser le calme qui régnait à l'heure de ton embarquement ; c'est moi qui te procurai la quantité et l'espèce de vent, propres à te porter en deux jours sur les côtes de Provence. Pendant que tu débarquais en silence avec cette poignée de héros, compagnons de tes destinées, je fis célébrer ce grand événement par une décharge de toute mon artillerie ; il est plus aisé d'imaginer que de décrire l'effet que produisit sur mes damnés ce majestueux vacarme lorsqu'ils en connurent la raison ; ce ne fut plus alors qu'un rugissement général de joie : *vive le grand empereur des Français ! vive le grand bourreau de l'Europe ! vive le fils aîné de Satan !* Et ce qui est digne de remarque, c'est que ces acclamations ne furent pas seulement poussées par la canaille ni achetées à prix d'argent, comme lorsque tu te montres aux Tuileries ; non, c'était l'explosion spontanée de tous les cœurs infernaux : j'aurais voulu pour beaucoup, que cette immense mélodie eût pu frapper tes oreilles impériales.

Ce qui te prouvera encore combien je m'intéressais au succès de tes grandes opérations, c'est que je voulus avoir jour par jour un bulletin de ta marche vers la capitale. Dans celui du 6 mars, je lus ce passage : « Tout dort encore dans le palais du roi, » et les mesures sont si bien prises, que rien ne peut » entraver la marche du héros. Il est attendu à Gre- » noble pour le 8, par plusieurs régimens déjà munis » de cocardes tricolores, signe sacré de ralliement » dans les beaux jours de la révolution ; les meilleurs » citoyens de l'Isère se préparent à accompagner son » triomphe. » Le bulletin du 12 mars m'apprit que tu venais d'entrer à Lyon et que tu y ferais un petit séjour, afin de dissiper par ta popularité, l'esprit de royalisme qu'avait manifesté de tout temps la nombreuse population de cette cité. Tu devais d'ailleurs y faire imprimer différentes proclamations, pour annoncer aux Français que tu venais au milieu d'eux comme un père au milieu de ses enfans. On y lisait aussi comment le prince de la Moskowa, après avoir baisé la main du roi, avait obtenu un commandement

dans la Franche-Comté, et comment il avait habilement trompé les gardes nationales de cette province
éminemment royaliste, en leur persuadant qu'il les
menait contre le traître Buon'àparte. Le bulletin du
16 vantait les merveilleuses dispositions des Bourguignons en faveur de ta majesté, puisque déjà la
canaille de Châlons-sur-Saône, de Mâcon et de Dijon
s'était soulevée contre les autorités, aux cris de *vive
l'empereur*. Depuis ces jours-là, j'ai remarqué avec
plaisir le dévouement toujours progressif des Bourguignons pour *le sauveur de la France*; c'est le titre
vraiment caractéristique qu'a voulu te faire décerner
par le club des représentans le bourguignon Félix
Lepelletier.

Comme j'étais curieux de connaître aussi le ton
des feuilles royalistes, j'en trouvai une qui contenait
la relation suivante de ton arrivée. Il est aisé d'y remarquer l'aigreur d'un homme de parti. Il va parler.
« C'en est donc fait; notre patrie qui avait vomi le
» tyran usurpateur, est encore destinée à le voir ren-
» trer dans son sein. Oui, le voilà le forcené, qui
» vient rouvrir en un moment toutes les plaies de la
» France. Il s'avance escorté de ses adjudans ordi-
» naires, la guerre et l'imposture, entouré d'une
» bande de satellites, qui se grossit de tous les traîtres
» à leur Dieu et à leur roi. Au bruit de sa marche
» ses coupables partisans accourent pour le voir et
» l'entendre : il leur semble avoir perdu quelque chose
» de cet air féroce et sinistre qui peignait son ame;
» il sent que les conjonctures lui commandent un
» autre personnage : mais c'est toujours l'esprit de

» mensonge qui l'inspire, et il lui est plus nécessaire
» que jamais. En parcourant ses proclamations, on
» n'y trouve pas une ligne qui ne soit dictée par
» l'imposture. D'abord il y déclare effrontément qu'il
» est rappelé par la nation ; lui rappelé par la nation !
» Oui, comme son Joseph est rappelé par la nation
» espagnole, comme son Joachim est rappelé par la
» nation napolitaine, comme son Jérôme est rappelé
» par la nation westphalienne : oui encore, si par
» la nation on doit entendre l'armée parjure, les
» intrigans et la canaille ; autrement, la vraie nation
» le repousse et l'abhorre. Il assure ensuite qu'il vient
» nous apporter le bienfait de la liberté et de l'éga-
» lité ; oui, la liberté et l'égalité de Marat, de Ro-
» berspierre I et de tous les sansculottes. Ignore-t-il
» donc que la charte constitutionnelle donnée par le
» roi, nous garantit tous les vrais avantages de la li-
» berté et de l'égalité bien entendues ? Il lui sied bien
» de parler de liberté et d'égalité, à lui dont les glaives
» sont levés sur la tête des plus honnêtes citoyens ;
» à lui qui, par vingt ans de brigandage et par douze
» ans de tyrannie, s'est placé au premier rang des
» monstres, ennemis du genre humain. Il ajoute que
» le roi se proposait de rétablir la dîme et les droits
» féodaux, de rendre le crédit au fanatisme, c'est-à-
» dire, aux ministres de la religion, de persécuter
» les juifs et les protestans, de faire restituer les biens
» acquis pendant les troubles de la révolution, en un
» mot de gouverner son royaume en monarque absolu ;
» il le dit, mais où sont ses preuves ? Le roi aurait-il
» peut-être fait part de ses intentions au scélérat,

» pendant qu'il était confiné dans son île de fer? Il
» reproche au roi d'avoir des Suisses autour de sa
» personne; aurait-il donc mieux valu qu'il se fît
» garder par de hideux Mamelouks? Il fait sonner
» bien haut le paradoxe de la souveraineté du peuple,
» et cela pour nous faire adopter comme héréditaire
» sa vile dynastie et rejeter celle de nos Bourbons;
» misérable Corse, apprends que si le peuple français
» pouvait se choisir une autre dynastie que celle de
» ses pères, il ne la choisirait pas dans une terre où
» les Romains n'auraient pas voulu prendre des es-
» claves; garde pour toi la haine que tu as jurée à
» nos rois; comment oses-tu espérer de nous abaisser,
» jusqu'à nous soumettre à ton abominable race! Oui,
» si la haine nous était permise, *haine aux Buon'à-*
» *parté serait notre serment.* Enfin il appelle nos
» princes des hommes faibles, parce qu'ils sont bons
» et généreux; des hommes étrangers à nos mœurs,
» parce qu'ils sont religieux et chrétiens; des hommes
» lâches, parce qu'ils craignent de faire couler le
» sang; des hommes irrésolus, parce qu'ils n'osent
» franchir les barrières de la probité et de l'honneur;
» des hommes ignorans dans l'art de gouverner, parce
» qu'ils ne connaissent ni sa perfidie, ni son infernale
» politique. D'après cela, il ne faudrait à un souve-
» rain ni bonté, ni générosité, ni religion, ni pro-
» bité, ni honneur, ni bonne foi; ainsi l'homme
» dur et inflexible, l'homme impie et sanguinaire,
» l'homme fripon et perfide, voilà le souverain qui
» conviendrait aux Français! C'est dire assez claire-
» ment que Buon'àparte est le seul en Europe, qui

» réunisse les *qualités* requises pour la souveraineté.
» Ah! malheur à la nation qui repousserait un roi
» légitime, sage et vertueux, pour se mettre sous
» l'empire d'un pareil scélérat! Cette nation touche-
» rait à sa ruine et attirerait infailliblement sur elle
» les plus terribles vengeances du ciel et de la terre. »

Je t'avoue, mon ami, que je suais à grosses gouttes
en lisant cet article étincelant de vérités. Certes, je ne
m'abonnerai pas à un semblable journal; je crois en
conscience qu'il est pire que la *Quotidienne* du sieur
Michaud. Ah! de grace, lorsque tu seras une fois bien
ancré sur ton trône, ne manque pas de faire arracher
la langue au rédacteur de tant d'insolences. Après être
un peu revenu de mon agitation, la curiosité me porta
à reprendre un autre *à lineà*, qui était conçu en ces
termes :

« Aux calomnies les plus révoltantes Buon'àparte
» ajoute à son ordinaire le charlatanisme le plus ridi-
» dicule. Si nous l'en croyons, c'est à l'époque du
» Champ-de-Mai que vont commencer nos grandes
» destinées; c'est alors que le peuple français va res-
» serrer les nœuds qui l'uniront irrévocablement à
» Napoléon-*le-grand*... Non, la plume d'un écrivain
» quelconque, fût-il un Lacépède, un Lacrételle ou
» un rédacteur de la Gazette de France, ne pourra
» jamais retracer dignement les mémorables scènes
» qui composeront cette grande comédie. Toutes les
» trompettes de la renommée s'apprêtent à en ins-
» truire le monde. Mais ô fatalité, qui semble pour-
» suivre de préférence les grands hommes! Sa majesté
» impériale avait annoncé de sa propre bouche, qu'au

» Champ-de-Mai se ferait le couronnement et de la
» princesse sa *chère épouse*, et de l'auguste progéni-
» ture dont on dit qu'elle n'est point la mère : déjà les
» appartemens sont prêts à les recevoir ; tout Paris les
» attend *la gueule béante*, et ils n'arrivent pas, et
» ils n'arriveront pas même pour le jour destiné à la
» représentation ! Or comment remplir une aussi
» épouvantable lacune ?... Sire, permettez à un de
» vos sujets de vous ouvrir là-dessus son avis : envoyez
» à Vienne son excellence le duc de Vicence, à la tête
» d'une bonne escorte de votre vieille garde ; vous
» savez que ce duc est un homme merveilleux pour
» les coups de main, il a fait ses preuves dans l'enlè-
» vement du duc d'Enghien : ou bien sans prendre tant
» de peine, faites-les couronner en effigie ou même
» par procureur ; moyennant cela, la pièce n'en sera
» pas moins bien jouée. Quant au prélat qui sera in-
» vité à confectionner la cérémonie, s'il vient à s'y re-
» fuser (et quel serait le Crammer qui voulût à ce
» point avilir son ministère ?), transmettez vos ordres
» au premier rabbin ; ce sera un témoignage authen-
» tique et parlant, rendu par votre majesté à la tolé-
» rance universelle en matière de religion. »

Quelle audace, mon ami ! Peut-on porter plus loin
la dérision en parlant à une tête couronnée ? Peut-on
jeter ainsi du ridicule sur la plus auguste assemblée de
l'univers ? Est-ce donc à un pigmée de journaliste à
donner des avis à l'empereur de la grande nation ? Et
pourquoi parler ici de transmettre des ordres au premier rabbin ? J'espère bien que tu trouveras un prélat
français de bonne volonté, qui officiera au Champ-de-

Mai, et couronnera s'il le faut, soit en nature, soit en
effigie. Pour achever de mettre dans tout son jour la
malveillance du susdit folliculaire, je vais encore t'en
transcrire ici un ou deux paragraphes.

« Au reste, si Marie-Louise et le rejeton buonapar-
» tique ne contribuent pas à embellir la journée du
» Champ-de-Mai , le soleil n'en éclairera pas moins
» le spectacle le plus imposant qui se soit offert à nos
» regards depuis l'origine de la monarchie française;
» alors le magnanime disciple de Talma jouera son
» rôle dans le plus haut degré de perfection ; alors son
» front ne sera plus enveloppé d'un nuage de tristesse
» comme il y a un an , lorsqu'il traversait la Provence
» au milieu des malédictions, et qu'il allait cacher
» dans l'île d'Elbe la honte de sa chute; dans cette
» douloureuse circonstance où des pleurs coulèrent
» de ses impériales paupières, qui n'eût soupçonné
» dans sa grande ame quelque germe de sensibilité?
» Mais au Champ-de-Mai, il paraîtra environné du
» respect et de l'amour de son peuple, brillant de tout
» l'éclat de ses immortelles victoires, élevé au-dessus
» de *vingt mille* électeurs ou députés, et de quatre
» cent mille spectateurs, avides de le voir et de l'en-
» tendre, sans compter les cinquante mille guerriers,
» qui jureront tous de vaincre ou de mourir pour lui !
» Une chose cependant troublera encore sa félicité:
» eh quoi donc ?... Ah ! les diamans et joyaux de la
» couronne, qu'il oublia d'emporter l'année dernière
» et qu'il étaitsi aisé de placer parmi les millions dont
» se pourvut alors la prévoyante famille ; il les oublia,
» parce qu'enfin un grand homme ne peut songer à

» tout, moins encore dans l'état d'inquiétude où il se
» trouvait. Or, en revenant à Paris, il apprend que ces
» bijoux ont disparu avec le roi! Quelle horreur d'a-
» voir osé enlever les diamans de sa majesté impériale!
» Faudra-t-il donc que sa majesté porte en tête une
» couronne sans diamans?... Non, sire : votre majesté
» doit se rappeler qu'elle se coiffait jadis d'un bonnet-
» rouge, auquel il n'y avait point de diamans; elle
» peut en faire usage dans la cérémonie du Champ-
» de-Mai, où assistera tout le sacré collége des jaco-
» bins; aux yeux de ces vénérables, le bonnet-rouge
» sera bien plus imposant que la plus belle couronne,
» ornée des plus précieux diamans.

» Qui ne croirait en voyant le héros recevoir les
» hommages solennels de la France, qu'il va re-
» prendre le cours de ses conquêtes, replacer encore
» l'empire sur les bases fixées par Charlemagne, *son
» prédécesseur*, et ne poser les armes qu'après avoir
» consommé l'œuvre de la grande fédération euro-
» péenne? Il le pourrait sans doute, s'il ne consultait
» que sa force et son courage; mais non, il dédaigne
» de rentrer dans cette sanglante arêne; la gloire des
» combats n'a plus d'attrait pour lui, il en est rassa-
» sié; *l'âme de Napoléon ne nourrit plus que des
» pensées de paix*; nous le tenons de bonne source;
» d'ailleurs c'est lui-même qui nous en assure. Ils
» sont donc passés pour ne plus revenir, ces temps
» qu'il voudrait oublier, où il portait en furieux le
» fer et le feu dans tous les coins de l'Europe; désor-
» mais on ne doit plus voir en lui qu'un père tendre,
» exclusivement occupé du bonheur de sa nombreuse

» famille. Si, semblable à un tigre cruel, il s'est
» baigné pendant vingt ans dans le sang humain, son
» séjour à l'île d'Elbe lui a fait perdre toute sa féro-
» cité; depuis qu'il a été instruit à l'école du malheur,
» c'est un cœur sensible et aimant qui éprouve le be-
» soin de s'épancher; bref, ce n'est plus le farouche
» Buon'aparte; c'est un Marc-Aurèle, un Antonin,
» un Titus, dont toute la passion sera de régner pour
» faire du bien. Que ne lui est-il donné de rappeler
» à la vie les cinq millions de victimes dont il a été
» le bourreau, et de consoler les cinq millions de
» familles qu'il a plongées dans le deuil et les larmes!...
» Français, si ce langage hypocrite vous en impose,
» vous êtes décidément la plus sotte nation de l'uni-
» vers, et vous méritez d'éprouver tous les fléaux qui
» sont près de fondre sur vous. Ah! vous l'aviez ce
» Marc-Aurèle, cet Antonin, ce Titus, dont toute
» la passion était de régner pour faire du bien : les
» nations voisines admiraient comme vous sa haute
» sagesse, son gouvernement paternel, sa tendre
» sollicitude, son inaltérable bonté : vous l'aviez, et
» pendant que l'imposteur était porté en triomphe
» vers la capitale par une armée de parjures, voilà
» que votre vrai père, trahi et presque abandonné,
» s'en éloignait tristement, en faisant des vœux pour
» votre bonheur! Il reviendra sans doute au milieu
» de nous, oui, il y reviendra, le ciel ne peut man-
» quer de le rendre bientôt à l'ardeur de nos suppli-
» cations : mais en quel déplorable état peut-être,
» va-t-il retrouver son royaume? Que de nouvelles
» et de profondes plaies ajoutées à celles qui cou-
» vraient la France, lors de son premier retour! »

Voilà, mon ami, ce que produit la liberté illimitée de la presse ; personne n'était plus intéressé que toi, à la réprimer, et tu as fait la faute inconcevable de l'autoriser depuis ton retour. Qu'arrive-t-il delà ? Qu'on fait sentir à la France ce qu'elle a perdu par l'éloignement des Bourbons ; qu'on te noircit impunément dans l'opinion publique ; qu'on fait ressortir malignement ce que je regarde en toi comme des *qualités rares*, mais ce que les peuples envisagent comme des forfaits atroces : c'est pourquoi je te conseille fortement, si tu ne veux pas être culbuté, de faire taire les langues médisantes, telles que celles de l'écrivain précité, et de reprendre le système quoique tyrannique, dont tu te trouvais si bien pendant la durée de ton despotisme. J'en reviens maintenant aux bulletins de ta rentrée.

Celui du 20 mars ne me laissa plus de doute sur le succès complet de ton entreprise ; j'y lus que le roi était sorti le matin de Paris, à la vérité au milieu du deuil et des regrets de tous les gens de bien, mais enfin il en était sorti, et que toi tu venais d'y entrer avec ton armée de parjures, au milieu des bouquets de violette, aux applaudissemens des jacobins, de la canaille et de tous les anciens partisans de la république. J'appris que dans le reste de ce mois, qui fera époque dans nos annales, ce n'avait été qu'un feu roulant d'opérations, toutes marquées au coin du génie. Ainsi, par exemple, tu avais d'un souffle renversé de fond en comble le gouvernement royal ; tu avais fait sur le champ un excellent choix de ministres selon ton cœur et le mien ; tu avais bien vîte destitué tous les préfets royaux, et mis à leur place le résidu des clubs de 1793; tu avais établi à l'instar du roi, deux chambres où siégeaient tous les rebuts des différens ordres de la société; un peu plus tard, après avoir offert aux puissances alliées d'observer les clauses du traité de Paris, ce qu'elles te refusèrent avec hauteur, tu avais appelé à la défense de la patrie, c'est-à-dire à la tienne, 1.º tous les militaires retirés avec ou sans congé, 2.º tous les prisonniers rendus au roi, 3.º tous les gendarmes montés ou démontés, 4.º tous les conscrits bons à mettre en coupe, 5.º tous les individus connus sous le nom de corps-francs, de volontaires, de fédérés, de partisans, de voltigeurs, de tirailleurs, 6.º toutes les gardes nationales mobilisées ou sédentaires. Je ne sais pourquoi tu ne parles pas des galériens et des autres détenus; mais ils feront sans doute partie de la levée en masse.

J'appris en outre que tu avais négocié pour obtenir la remise de ta soi-disant épouse, ou du moins celle du petit colonel-général des enfans de la patrie, et qu'à cette double demande papa François avait fait la sourde oreille, sans considérer qu'ils devaient être acteurs essentiels dans la grande comédie du Champ-de-Mai, sans considérer qu'il exposait par-là son gendre au ridicule, sans considérer l'honneur insigne que tu lui avais fait, en admettant sa fille dans ton alliance. Un empereur d'Autriche devait ce me semble, avoir un peu plus d'égards pour un Corse, et qui plus est, pour le fils d'un huissier d'Ajaccio : il n'était pas si fier, quand pouvant disposer de ses états, tu vins lui dire comme défunt Cartouche : *ta couronne ou ta fille*; oublie-t il donc que tu es frère de quatre rois, frère de trois reines, et que tu as pour mère une déesse? Si tu veux m'en croire, tu te démarieras une seconde fois, et tu te choisiras une auguste compagne parmi les demoiselles de la rue....

Tu ne serais pas dans de si grands embarras, si ce congrès de Vienne n'était pas venu traverser tes projets. Quoi! on ne veut pas même te laisser paisible possesseur du trône français, tel qu'il est aujourd'hui! Et de quoi se mêlent ces étrangers, en voulant *imposer* à la nation ainsi rapetissée, mais toujours grande, toujours indépendante, un prince proscrit par l'acte additionnel? Comme si cet acte n'avait pas été adopté et juré par plusieurs milliers de buonapartistes et même par les armées de terre et de mer. Mais puisqu'ils veulent combattre, ils trouveront à qui parler; *l'empereur est là;* nous verrons s'ils franchiront le triple mur d'airain dont il a su environner la France. Français! le moment est venu où tout homme de cœur doit être prêt à vaincre ou à mourir pour le père la Violette; remarquez bien ceci; il s'agit de vaincre ou de mourir, il n'y a point de milieu pour vous; car pour lui, c'est autre chose; il veut vaincre ou ne pas mourir; il lui reste encore 25 ans sur les 30 qu'il a demandés à l'être suprême pour pouvoir consommer le bonheur de la France. Oui, la *sainte* cause que vous allez défendre, triomphera; « N'êtes-vous pas les mêmes hommes qui ont gagné » les batailles de Marengo, de Wagram, d'Austerlitz, » de Jéna, de Friedland, de Montmirail, » etc. Ah! mon ami, qu'as-tu dit là? Non, ce ne sont plus les mêmes hommes, car les trois quarts et demi sont passés de vie à trépas. Il est vrai cependant que ceux d'aujourd'hui sont encore les soldats de Buon'àparte, et cela suffit; espérons qu'ils feront triompher la *sainte* cause qu'ils ont embrassée, et qu'ils mourront en cas de besoin pour maintenir l'acte additionnel. Quand ils seront ici, il auront du moins la satisfaction d'apprendre qu'ils ont assuré ce chef d'œuvre à leurs concitoyens, quoiqu'ils n'en veuillent pas; ce seul souvenir leur rendra mon séjour beaucoup plus agréable.

Cependant je ne conçois guère que d'une part tu abolisses la noblesse, et que de l'autre tu laisses subsister les noms de prince, de duc, de comte, de baron, et que tu établisses en outre des pairies héréditaires; ce que je vois bien par là, c'est que tes idées sont différentes de celles des autres hommes. Il me semble aussi que tu insistes beaucoup trop sur l'article de la souveraineté du peuple; car si le peuple est souverain, comment peut-il s'engager à exclure *pour jamais* du trône, la famille des Bourbons, et cela quand même il arriverait par malheur qu'il n'y eût plus au monde un seul individu de ta race? Comment le peuple souverain d'aujourd'hui peut-il lier le peuple souverain de demain? Ensuite comment peux-tu trouver mauvais que les Vendéens, les Bretons, les Normands, les Gascons, les Languedociens, les Provençaux, les Francomtois ne veuillent ni de toi ni de ton engeance? Ce que je dis de l'immense majorité de ceux-là, je pourrais le dire des trois quarts des autres provinces. Est-ce que les Français de ces pays-là, n'ont pas aussi leur part dans la souveraineté? Ou bien par le *peuple souverain*, faudra-t-il entendre peut-être le *peuple buonapartiste?* En vérité tes principes sont si sublimes et si difficiles à concilier, que le Diable n'y voit goutte.

Au reste il paraît certain, puisque tu le dis, que tu es l'homme que la nation s'est choisi, qu'elle avait besoin de toi pour être heureuse, que sans ton retour elle allait tout perdre, gloire, considération, indépendance, qu'il lui manquait un protecteur, un défenseur, un père, et que tout cela lui est assuré dans ta personne; on peut même ajouter que si une fois son gouvernail reste entre les mains d'un pilote comme toi, elle va devenir la première et la plus fortunée des nations; tout cela doit passer pour incontestable, et condamne bien positivement tous ces prêtres qui ne veulent pas chanter le *domine, salvum fac imperatorem*, ou qui, le chantant par crainte, excluent intérieurement le mot *Napoleonem*; mais comme je fais profession d'impartialité, permets moi de clorre mon épître par un fragment du journal dont je t'ai parlé ci-dessus : tu verras les pitoyables raisons qu'il apporte pour te réfuter, et tu concluras avec moi que ce mauvais écrivain est de plus un royaliste incorrigible.

« C'est ainsi que le fourbe nous caresse pour nous
» faire tomber dans ses filets et rentrer sous son joug
» de fer. Tant qu'a duré sa première tyrannie, c'était
» un lion furieux qui n'écoutait ni conseils, ni récla-
» mations; malheur à quiconque eût osé le contredire;
» alors il se croyait en droit d'exiger de nous jusqu'au
» dernier homme et au dernier écu. Aujourd'hui c'est
» un serpent tortueux qui s'agite et se replie en mille

» manières. Ne pouvant dissimuler le mal qu'il nous a
» fait, il feint de vouloir le guérir, et comment? En y
» versant le poison de ses impostures; c'est une nou-
» velle méthode de nous donner la mort, qu'il a puisée
» dans ses méditations de l'île d'Elbe. Mais s'il était
» l'homme de notre choix, si nous avions besoin de lui
» pour être heureux, pourquoi donc cette consterna-
» tion générale à la nouvelle de son débarquement et
» de sa marche vers Paris? Pourquoi ces craintes
» mortelles de toutes les ames honnêtes et religieuses?
» Pourquoi cette inquiétude de toutes les familles sur
» le sort de leurs enfans? Pourquoi ces larmes et ces
» regrets amers sur l'éloignement du bon roi? N'y
» aurait-il donc qu'une armée de rebelles aveuglés, une
» clique d'intrigans et une populace stupide qui sus-
» sent juger sainement du bonheur de la France?...
» Le peuple heureux n'est pas celui dont on exalte la
» vanité et dont on dissipe les revenus en faisant éri-
» ger des monumens qui attestent le brigandage du
» chef et la brutale fureur du soldat; des victoires qui
» font gémir la justice et l'humanité, devraient bien
» plutôt rester ensévelies dans l'oubli : faire parade de
» semblables triomphes, c'est vouloir publier sa honte
» et son déshonneur, c'est vouloir provoquer la ven-
» geance des autres nations. Mais le peuple est heu-
» reux, quand il est gouverné par un prince sage,
» pacifique, observateur des traités, exempt d'ambi-
» tion, ami des mœurs et de la vertu. Le peuple est
» heureux, quand, sous un prince légitime et res-
» pecté, il peut jouir en paix du fruit de son industrie
» et de son travail; quand il est dans l'abondance, et

» non pas quand il a des greniers de ce nom ; quand la
» jeunesse parvenue à sa force ne va pas perdre dans
» la licence des camps toute idée de morale et de reli-
» gion. Qu'on juge Buon'àparte d'après ces règles, et
» loin de dire qu'il était nécessaire à notre bonheur,
» on dira que son retour parmi nous est de tous les
» évènemens le plus fatal à la France.

» Mais du moins son gouvernement nous assurerait
» la gloire, la considération et l'indépendance. De
» quelle espèce de gloire s'agit-il ? Peut il y avoir de
» la gloire pour un peuple, lorsqu'il entreprend de dé-
» fendre, au péril de sa vie , la cause d'un usurpateur
» et d'un traître ? N'y aurait-il pas au contraire de la
» gloire pour la France et pour lui, de céder à l'orage
» et de ne pas opposer dans la circonstance une résis-
» tance téméraire qui peut aggraver les maux, et
» même amener la ruine de notre patrie ? Voilà toute
» l'Europe qui s'avance de nouveau pour l'anéantir,
» et il aurait l'affreux courage de vouloir lutter contre
» elle, tandis que par sa retraite il empêcherait l'ef-
» fusion du sang ! Quel est donc cet homme qui ne
» craint pas de compromettre l'existence d'une na-
» tion toute entière, pour venir à bout de satisfaire sa
» cruelle ambition ? Un tel homme n'est-il pas un
» prodige de scélératesse, et ceux qui s'armeraient
» pour lui, ne sont-ils pas des furieux et des ennemis
» de leur patrie ? S'il veut périr, faut-il donc que la
» France périsse avec lui ? Où peut-être encore la
» considération qu'il prétend nous procurer ? Déjà il a
» rendu les Français odieux à tous les autres peuples ;
» déjà, grace à lui, ils n'ont plus ni commerce, ni

» colonies, ni réputation, ni crédit, ou s'il leur reste
» quelque chose de tout cela, ils ne le doivent qu'à
» leur roi légitime; le moyen de tout perdre de nou-
» veau et sans retour, c'est de se mettre sous le gou-
» vernement de Buon'àparte. Comment pourrait-on
» avoir de l'estime pour une nation qui, en s'asser-
» vissant au plus méchant des hommes, deviendrait
» complice de tous ses crimes ?

» Avec lui notre indépendance ne serait pas mieux
» garantie; il ne sert de rien à un état d'être indépen-
» dant des autres puissances, s'il a pour chef un des-
» pote et un tyran; or Buon'àparte ne peut être autre
» chose; ses promesses artificieuses ne doivent en im-
» poser à personne; c'est une bête féroce qui ne peut
» souffrir ni frein, ni entraves. A la vérité il serait de
» son intérêt de se renfermer dans les bornes d'une
» sage modération, mais cela est incompatible avec
» son mauvais naturel; la religion seule pourrait en
» corriger le vice ou en réprimer la fougue, et Buon'à-
» parte n'en a pas. D'un autre côté un aussi méchant
» homme ne peut fournir une longue carrière, mais
» alors la France ne s'en trouverait pas mieux; car
» une fois qu'elle en serait délivrée, elle se verrait
» infailliblement en proie aux divisions intestines et
» aux factions dont elle recèle encore le germe; bien-
» tôt la guerre civile s'allumerait dans son sein et à
» la faveur de ces troubles il serait facile aux puis-
» sances étrangères de la subjuguer ou même de la par-
» tager; voilà ce que lui attirerait l'adoption du soi-
» disant empereur. Enfin quelle indépendance peut-
» on se promettre sous un gouvernement tout mili-

» taire, le plus mauvais de tous après l'anarchie ? Le
» soldat ne doit savoir qu'obéir, et nous l'avons vu s'ar-
» roger le droit de nous donner un maître ; nous l'a-
» vons vu violer ses sermens, abandonner son roi légi-
» time et généralement chéri, pour reconnaître un
» vil Corse qui a tout au plus la figure humaine : nous
» l'avons vu perdre dans l'espace de quelques jours,
» tout ce qu'il avait acquis de gloire dans l'espace de
» quinze à vingt ans. Une armée qui s'est rendue
» coupable d'un pareil attentat, peut s'en permettre
» d'autres, et par là plonger la patrie dans une suite
» interminable de révolutions.

» S'il pouvait rester quelque doute sur l'esprit qui
» anime Buon'àparte, qu'on examine la conduite
» qu'il tient depuis son arrivée à Paris. Peut-on rai-
» sonnablement attendre un régime paternel de la
» part de celui qui a l'impudeur d'appeler autour de lui·
» la horde des régicides, et d'écarter de toutes les par-
» ties de l'administration tous ceux à qui il pouvait
» rester quelque bon principe ? Veut-il gouverner en
» père, celui qui donne les premières places de son
» bas empire à un Cambacérès, à un Caulincourt, à
» un Carnot, à un Davoust, à un Regnault, à un Ney,
» à un Excelmans, à un Soult, à un Quinette, à un
» Pelletier, à un Jean Debry, etc., et à tant d'autres
» sujets, nourris dans les antres du jacobinisme et
» fameux par leurs forfaits ? Veut-il gouverner en père
» celui qui répand ou fait répandre la calomnie contre
» nos Bourbons ? Celui qui substitue à leur drapeau
» blanc ses haillons bigarrés et sanguinolents, où
» semblent empreintes toutes les horreurs de la révo-

(45)

» lution? Celui qui remplace leurs lis par son oiseau de
» proie et ses abeilles, emblême frappant des blessures
» envenimées qu'il a faites et qu'il voudrait encore
» faire à notre malheureuse patrie? Non, non; si c'est
» là, un père, c'est un père barbare et dénaturé qui
» finirait par dévorer la France. Mais espérons qu'il
» n'aura pas le temps de réaliser ses affreux projets,
» et que dans peu, la nouvelle de sa dernière chute
» ouvrira nos cœurs à la joie, et nos bouches au re-
» frain chéri des bons Français : VIVE LE ROI! »

De semblables vœux prouvent que tu n'es pas
l'homme des royalistes, mais ils seront confondus; ta
bannière tricolore et ta volaille continueront, j'espère, à imprimer la terreur aux ennemis de ta
majesté.

Donné en notre palais impérial du Tartare, l'an
1.er du retour de Roberspierre II, et de notre règne
diabolique le cinq mille huit cent quinzième (10
juin 1815).

Signé L U C I F E R.

Et plus bas, par ordre :

LE PRINCE DE WAGRAM, pro secr.

P. S. J'allais t'expédier sur le champ une estafette;
mais Berthier dont je me sers pour sous-secrétaire,
m'a persuadé de garder encore quelques jours mon
épître, par la raison qu'on ne te tarderait pas à apprendre le dénouement de la lutte qui allait s'engager.
D'après son rapport, toute l'Europe marchait pour
anéantir *l'ennemi commun*, et jamais peut-être tu

n'avais été si proche de ta chute définitive. J'eus beau lui représenter que ton Champ-de-Mai (tenu en juin) avait rempli tes espérances; que tu avais sur différens points une armée de 3 à 400 mille hommes bien déterminés; que tes deux chambres parfaitement organisées, se composaient en général de jacobins, de régicides et de clubistes réchauffés, tous dévoués à la défense de ta dynastie, tous aussi anti-bourboniens que les sieurs Pénières, Garrau, Bory, Durbach, Garat, Manuel, Bérenger, Thibaudeau, etc. : tout cela ne le rassura pas. J'avoue que ces craintes d'un homme du métier, firent sur moi une vive impression. Serait-il possible, me disais-je en frémissant, que Napoléon eût quitté son île pour accélérer son malheur ! Tandis que par son génie et par ses vices il mérite de commander à l'Europe, de misérables coalisés voudraient lui contester l'empire de la France! Non, on ne se joue point ainsi des puissances infernales dont il est le protégé: avec leur secours bientôt il remportera une victoire plus éclatante et plus décisive que celles de Marengo et de Friedland, qui le replacera sur le pinacle et le lancera de nouveau dans la route des conquêtes. S'imagine-t-on que Buon'aparte soit un Murat, et les Français de lâches Napolitains ?

Telles sont les flatteuses espérances auxquelles se livrait le meilleur de tes amis, lorsqu'un de mes courriers parti le 20 juin de ton armée du Nord, vint m'apporter des dépêches qui justifiaient malheureusement les craintes de Berthier. Elles m'annonçaient qu'impatient d'écraser de tes foudres cet amas d'ennemis acharnés à ta perte, tu étais sorti le 12, de la capitale; que dès le 14, jour anniversaire de Marengo et de Friedland, tu t'étais précipité sur leurs bataillons, après avoir fait à tes soldats une harangue qui passera à la postérité; que rien n'avait pu résister à ce choc impétueux; que les journées du 15, du 16 et du 17, n'avaient fait qu'accroître l'ardeur de tes troupes; mais que le 18, ô douleur! ô fatalité! ton armée, au lieu d'une victoire, avait essuyé une épouvantable défaite; qu'en vain tu avais parcouru les rangs en agitant ta guenille tricolore, qu'en vain tu avais sacrifié ta garde, vieille, jeune et moyenne, tous ces efforts étaient venus se briser contre ce maudit Wellington, et n'avaient servi qu'à rehausser son triomphe, en lui assurant le titre de Turenne du XIX.e siècle. Quelle accablante perspective pour toi! Ce qui te flattait le plus, c'était l'assurance que tu avais, de passer un jour pour le premier capitaine de l'Europe, et voilà que tu survis à ta réputation et que tu descends au rang honteux d'un chef de partisans. Il faut convenir en effet que tu manques des principales qualités d'un bon général : au premier signal du combat le sang-froid et la présence d'esprit t'abandonnent; la crainte de rencontrer un boulet te fait perdre la tête; on te voit alors caracoler par-tout, excepté là où est le plus fort de la mêlée. Tu as en général trop peu de confiance en ma protection, et cependant j'ai jusqu'à présent veillé à ta conservation avec tant de soin, que tu n'as pas reçu la plus légère blessure. S'il t'arrive de perdre la bataille, tu concentres ton dépit et ta fureur, et tu restes comme un hébété jusqu'à 40 heures sans prendre de nourriture et sans proférer une seule parole. Si tu conserves une lueur de raison , tu en profites pour fuir à toute bride , sans prendre aucun soin de ceux des tiens qui ont échappé à la mort : est ce là agir en homme qui vise à l'immortalité? Fallait-il revenir de ton île d'Elbe, pour perdre un reste de gloire , pour ajouter la fuite de Mont-St.-Jean à la fuite d'Egypte, à la fuite de Russie et à la fuite de Saxe.

Cependant console-toi, il est un genre d'immortalité que tu ne peux manquer d'obtenir : du moins est-il certain que tu as reçu de la nature tout ce qu'il faut pour y arriver. On ne peut posséder à-la-fois tous ses dons; si elle t'a refusé le courage, la prudence et les autres vertus, elle t'en a bien dédommagé en te prodiguant la méchanceté et la scélératesse. Semblable aux animaux féroces ou venimeux, ta vocation est de faire le mal, et tu y corresponds avec une fidélité et une persévérance que je ne me lasse pas d'admirer. Nuire à l'espèce humaine est pour toi une jouissance ou plutôt un besoin de première nécessité. Pendant que tu étais à l'île d'Elbe , ta sphère d'activité était trop étroite; tes facultés ne pouvaient pas se développer ni s'exercer sur un assez vaste théâtre. Pour leur donner tout leur essor et leur fournir un aliment convenable, il fallait donc rompre ta chaîne et sortir de cette retraite forcée; il fallait ramener en France toutes les horreurs de la guerre civile et de la guerre étrangère, il fallait y rallumer les fureurs du jacobinisme; il fallait y rétablir la loi barbare de la conscription ; il fallait y écraser les peuples de réqui-sitions, de garnisaires et d'impôts ; il fallait, à l'aide de l'imposture, rendre odieuse la seule famille qui pût y faire régner encore la paix, la justice et la vertu ; il fallait en un mot travailler à faire du plus beau royaume de l'Europe, un repaire affreux de vices, de rapines, de corruption et d'impiété. On ne peut te re-fuser la gloire d'avoir opéré toutes ces merveilles dans le court espace de trois mois ; tu es donc un vrai thau-maturge dans la carrière du mal; tu es donc mon image et mon représentant sur la terre; et à ce titre je n'hé-site pas à te promettre l'immortalité.

Mais ce n'est pas assez d'avoir fait tant et de si grandes choses; il s'agit sur-tout de les rendre durables. L'exemple de Joachim l'italique est bien capable de nous faire trembler sur l'avenir. Je sais que les Fran-çais ont plus de courage, mais autant de mobilité que les Napolitains. Si ces derniers ont abandonné leur Murat pour un Bourbon, pourquoi les premiers n'en feraient-ils pas autant? J'espère à la vérité que l'armée, les deux chambres et les intrigans qui t'ont rappelé, feront tous leurs efforts pour te maintenir sur le trône; mais d'un autre côté, la journée du Mont-St.-Jean a porté un terrible coup à ta puissance. Il est visible d'ailleurs que le ciel y a combattu contre toi, ce qui est d'un très-mauvais augure. Pour éviter la ruine totale de ton parti, voici ce me semble, le moyen que tu pour-rais employer, si toutefois tu ne m'as pas déjà prévenu dans ta sagesse. Concerte-toi avec tes ministres et tes principaux *chambriers* ; déclare hautement que tu abdiques une seconde fois l'empire, à condition qu'il passera à ton auguste fils : peut-être que ce grand sacrifice qui paraîtra sincère, désarmera tes ennemis et engagera les puissances coalisées à suspendre les hostilités et à faire retirer leurs troupes. En ce cas, sans avoir le titre d'empereur, tu en conserveras toute la réalité. Si l'héroïsme de cette abdication ne les touche pas, on déclarera la guerre *nationale*; on accusera les alliés de vouloir attaquer l'indépendance de la nation et violer l'intégrité du territoire français; on fera sonner bien haut les mots magiques de *liberté* et de *patrie*; on ordonnera la levée en masse, et rien ne pourra résister à une ligue aussi sainte que formidable.

Enfin si, malgré l'énergie de ces mesures, les destins avaient résolu la chute de ta dynastie, alors je te dirais avec Labédoyère : mon fils, la nation française n'est pas digne de toi, va porter ta liberté dans un autre hémisphère, je me charge de faire fructifier en France le mal que tu y as fait. Mais garde-toi bien de deux extrêmes également préjudiciables à la *bonne cause*, savoir, de te convertir ou de finir vîte par un doux breuvage; je ne te pardonnerais pas cette lâcheté; j'exige absolument que pour le bien de l'enfer, tu vives jusqu'au bout et que tu vives en scélérat. Tu ne dois point avoir d'inquiétude sur le sort de ta garde impériale qui a poussé le courage et le mépris de la vie jusqu'à s'entrefusiller pour l'amour de toi; cette stupide brutalité mérite une distinction particulière; ainsi elle aura des places d'honneur parmi les assassins, les duellistes et les suicides de mes états : je ferai aussi un sort honnête à tous les autres braves qui ont péri dans cette occasion en combattant vaillamment contre leur roi ; je te promets qu'ils n'auront pas lieu de regretter leur chère décoration. Quant à cette intéressante collection de princes et de princesses *artificiels* que tu ne pourrais pas emmener avec toi, et dont tu as bien voulu enrichir la France , j'ai peur qu'après ton départ on ne méconnaisse la légitimité de leurs droits, et que pour toute dotation , on ne les renvoie à leur premier état de rémouleur, de blanchisseuse, de perruquier , de lingère, de marmiton, de chiflonière , de cabaretier, de vivandière, de tonnelier, de palfrenier, de maquignon, etc. , ce qui serait un peu mortifiant pour ces altesses des deux sexes. Pour moi, je leur conseillerais, du moins à ceux ou celles qui savent lire, de s'incorporer à l'auguste troupe des artistes, autrement dits *comédiens ;* cette noble profession leur procurerait de temps en temps la satisfaction de paraître dans tout l'éclat de leur défunte grandeur: et d'ailleurs qui pourrait jouer avec plus de perfection , que des personnages qui depuis plusieurs années ont tous les jours exercé leur rôle ? Ce que j'appréhende pour tous ces ci-devant remouleurs, perruquiers, etc., n'est encore rien en comparaison des maux incalculables qui pourraient fondre sur tous mes jacobins français , si tu venais à succomber aux efforts des alliés.; car depuis environ quatre mois que tu es de retour, aucun d'eux n'a été assez politique pour dissimuler sa joie, tous ont manisfesté leur aversion décidée pour le gouvernement des Bourbons. Si donc ceux-ci ressaisissent la puissance , gare à la gent jacobinique ; sa ruine me paraît inévitable , son règne agonisant , et je ne vois point d'autre ressource pour elle, que d'aller avec toi habiter le nouveau monde. Hélas! pourquoi faut-il que ces maudits Bertrand et Excelmans t'aient fait revenir avant la dissolution du congrès de Vienne?

Je ne peux mieux finir ce long *post-scriptum*, qu'en employant les termes de M. le comte Thibaudeau, de Poitiers, dans la séance des *vénérables* pairs du 28 juin : « On veut nous obliger de nous » soumettre à un gouvernement réprouvé par la na- » tion entière (des jacobins) et que la constitution » même a formellement proscrit (art 67 de l'acte » additionnel); si on nous force de transiger avec » les Bourbons, je n'y consentirai jamais, et je le » déclarerai à la face de l'univers jusqu'à mon dernier » soupir ; qui pourrait supporter la honte d'être » asservi à leur joug humiliant? » Je partage bien sincèrement l'opinion et les grands sentimens de M. le comte Thibaudeau, de Poitiers, et je déclare que je ne veux rien avoir de commun avec les Bourbons. *Vale.*